내 아름다운 정원

LES GRANDS ESPACES

지은이 **카트린 뫼리스**(CATHERINE MEURISSE)

옮긴이 **강현주**

청아출판사

어린 시절부터 나를 사로잡은 전원의 순수함에 대한 예술적인 혹은 시적인 환상은
내가 중년이 될 때까지 따라다녔습니다.

_ 조르주 상드(George Sand)

나의 부모님에게

오래전부터 파리의 내 아파트에 관해
이런 꿈을 꾸었습니다.

여기에 특별한 문이 있다면

곧장
풀밭으로 이어지는
특별한 문이 있다면

계절이 바뀌는 모든 순간을 크레파스로 그리겠다고요.

풍경   냄새   고요를 담을 겁니다.

어쩌면 조금 더 시간을 보낼지도 모르죠.

암송해 볼까?

소똥 냄새 같은 신선한 냄새도 난다네.

사투리처럼 구수하고
풀처럼 풋풋하지만

썩고 부패한 냄새도 풍기는
몬산토*

마치 가축을 모는 것처럼
이리저리 누비고 다니면서

세계 최대의 유전자변형작물(GMO)을 연구·개발하는 다국적 농업 기업

절정에 다다른 정신과 감각을
노래하는 씨앗 위로
엄청난 양을 살포한다네.

나는 시골에서
자랐습니다.

6

부모님은 나와 동생을 이런 환경에서 키우기로 선택하셨어요.
우리는 도시를 떠났습니다.
부모님이 직관력이 있으셨던 거죠.

기회는 이런 모습이었어요.

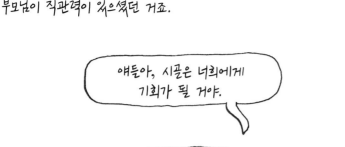

얘들아, 시골은 너희에게
기회가 될 거야.

주민이 200명밖에
되지 않는 마을

새로운 친구들
(인간계)

쟤는
멀리서 보면 예쁜데,
가까이서 보면
못생겼어.

새로운 친구들
(동물계)

세례를 받았구나!

무너져 가는 농장은 우리의 새로운 집

엄마는 자갈 더미를 보자마자
장미 묘목을 심어야겠다고 생각하셨대요.

이건 네 외할아버지가
주신 거야.

그리고 매발톱꽃.

외할머니댁에 가면
지천으로 널렸어.

뿌리를 충분히 적셔 줘야 해.
알겠지?

아빠는 우리가 이 미지의 땅에
첫발을 내디딘 연도를 새겼습니다.

1987

공사가 시작됐습니다.

여기는
주방이야.

여기서도
주방이
잘 보일 거야.

나는 시골에서 자랐지만,
처음부터 풀밭이나 나무를 볼 수는 없었습니다.

여긴 침실!

처음에는 돌밖에 보이지 않았습니다.

두껍고 오래된 담장

놀라울 정도로 규칙적으로 쌓아 올린
돌 틈을 문지르면
황토가 떨어져 내렸습니다.

푸스스

그래도
무너지지 않아.

온종일 햇볕에 데워져 반사되는 열기

담벼락의 어떤 돌들은
모서리가 둥그렇습니다. 신기했어요.

이거 봤어?

문양이 새겨져 있기도 했습니다.

백합꽃이야!

이거 루이 14세 옷에
새겨진 문양 같아!
역사책에서 봤지?

수 세기 동안 잠들어 있던 이 오래된 건물에는 흔적이 많이 남아 있었습니다.

땅은 우리에게 놀라움을 선사했고, 우리 마음대로 그것을 해석하도록 내버려 두었습니다.

그것들을 살펴보고 또 살펴보았습니다.

너희 조언이 필요해.

앞으로 주방이 될 곳에 어떤 현대식 타일이 좋을까? 누가 골라 줄래?

1784년에서 1975년 사이에 축사로 사용됐던 곳에 소 발굽이 찍힌 포석이 남아 있어. 그걸 간직하는 데 찬성하는 사람?

청소하기가 힘들어질 거야!

기념으로 몇 개만 남겨 두면 안 돼요?

좋아.

하지만 모든 걸 간직할 순 없어. 이 집에서 우리가 생활할 수 있어야 하니까!

이렇게 돌을 일찍부터 접하다 보면 안목이 높아집니다.

아름다워.

여기 풍화된 건 뭐예요?

시멘트 블록이야. 벽을 만들려면 그걸 쌓아야만 해. 만약 네 방에 벽이 있길 원한다면 말이야.

음 하지만…….

그 위에 진짜 돌을 올려놓으면 감쪽같을 거다!

휴! 고마워요!

아빠는 카드를 쌓는 것처럼 돌을 차곡차곡 쌓았습니다.

그거 어디서 구했어요?

여기저기 널려 있단다. 그래서 정말 좋아.

아빠는 오래된 돌담을 좋아해. 마치 날 보호해 주고, 우릴 조금은 지켜주는 것 같거든.

그건 아마도 사물의 지속성이 곧 우리 자신의 안정성 또는 지속성이라고 착각하게 만들기 때문일 거야.

이리 와, 시멘트에서 바비인형 놀이하자.

바깥 커다란 돌담 근처에서는 놀지 마라! 언제 무너질지 몰라.

네?

빗물을 가둬 두던 안쪽 배수로가 시간이 지나면서 무너지고 있어.

어딘가에서 보물이 우리를 기다리고 있는 게 분명했습니다.
집을 샅샅이 살펴볼 필요가 있었습니다.

*북유럽 신화에 나오는 물의 요정

못이 있어.

여기예요!

너희들도 알겠지? 너희들이 밟고 있는 이 돌들은 수 세기 동안 햇빛을 보지 못했어!

위잉잉잉잉 크르르르름 위잉잉

못이 또 있어.

여기 있으니 내 몸이 흔들려.

돌은 우리에게 감동을 주었습니다.
오래된 녹슨 못도 우리에게 감동을 줄 수 있었습니다.

고대의 못

중세의 못

선사 시대의 못

이 집에 보물은 없어.

보물은 바로 집이야.

로티
한 아이의
소설

마을 성당은 프랑스 혁명 시기에 불에 타 버렸어. 이 돌은 농부들이 자기 농가를 지으려고 모았던 거야.

분명히 그래서 이 기사단의 베르나데트가 우리에게까지 올 수 있었을 거야.

그 성당은 어디에 있었어요?

묘지와 학교 사이에.

아무것도 볼 수 없을 거야. 오래전부터 아무런 흔적도 남지 않았어.

그건 모르는 일이에요. 혹시 희귀한 못을 발견할지도 모르잖아요.

다시 현장으로 돌아왔을 때

무덤에 콘크리트가 부어져 있었습니다.
주차장 바닥이 완전히 새롭게
포장돼 있었습니다.

충격적인 일이 우리를 기다리고 있었습니다.

프랑스 전력공사의 계량기는 시끄럽게 윙윙거리고 있었습니다.

피에르 로티는 훗날 자기 박물관에 보물들을 모아 둔 것을 후회했어.

모든 것이 잿더미와 구더기로 끝나 버렸기 때문에 '무슨 소용인가'라고 혼잣말을 했지.

모든 것이 끝난 것일까? 아니면 모든 것이 시작된 것일까?

나는 무덤 속에서 먼지가 된 자들을 살펴보았지만, 그들의 죽음에 대해서는 알지 못했습니다. 잔해만이 남아 있었습니다. 그게 전부입니다.

죽음은 1914년에서 1918년 또는 1939년에서 1945년 사이의 전쟁 때 발생했습니다. 마을 학생들인 우리가 매년 돌아가며 읽어야 했던 시청의 대리석 명판이 이를 떠올리게 합니다.

제데옹 쿠이요 프랑스를 위해 사망하다.

아리스티드 두세외 프랑스를 위해 사망하다.

마르셀 두세외 프랑스를 위해 사망하다.

클로테르 그린갈루아 프랑스를 위해 사망하다.

알돈스 포테빈 독감으로 사망하다.

나는 사람들의 죽음은 잘 이해할 수 없었지만

묘지에 묻히고 싶지 않다면 옷을 잘 입어야지!

동물의 죽음에 대해서는 알고 있었습니다.

아!

죽은 말벌은 성냥갑에 넣어서 정원 구석에 묻어 주었습니다.

고양이가 찾아낸 병든 고슴도치, 황조롱이,
개똥지빠귀, 제비, 티티새는
신발 상자에 넣어서 묻어 주었습니다.

어느 날, 개 한 마리가 닭장 안으로 난입하여
닭들을 공포에 빠지게 한 적이 있습니다.
암탉들은 달리는 자세에서 심장마비로 죽었습니다!!

수탉들은 충격으로
벽이 보라색으로 변했다가

다음 날 아내 뒤를
따라갔습니다.

모차르트처럼 암탉과 수탉을
한 무덤에 묻어 주었습니다.

슬픔을 달래려고 슬픈 짐승을
다른 슬픈 짐승으로 교체했습니다.

그러나 공주는 치명적인 매력을 가진 암살자였습니다.
어느 날 공주는 암탉 친구를 물에 빠져서 죽게 했습니다.

암살자인 공주는
결국 리예트*로 생을 마감해야 했습니다.

*돼지나 거위의 고기를 잘게 잘라 지방과 함께
흐물흐물해질 때까지 삶은 음식. 빵 위에 얹어서
먹는다. (국립국어원)

하지만 모든 암살자를
리예트로 만들 수는 없었습니다.

그들에게는 또 다른 운명을
준비해 주었습니다.

평생 죄책감이 따라다니도록 말이죠.

암살자···
암살자···
암살자···

암살자···
암살자···
암살자···
암살자···

단지 재미 삼아 돼지를 잡는 것이 아닙니다.
먹는 즐거움을 위해 돼지를 잡았습니다.

이웃 농장에 멧돼지가 있었습니다.

부엌에서 여자들은 바빴습니다.
순대와 소시지를 만들기 시작했습니다.

부엌은 습기로 가득했고, 뜨거운 피, 마늘,
파슬리 냄새가 났습니다. 마치 동물의
여전히 따뜻한 배 속에 들어와 있는 것 같았습니다.

돼지를 잡으면
온 집안에 생기가 넘쳤습니다.

파테*는
어디에 둘까?

*고기나 생선 구운 것을
파이 껍질로 싸서 구운 것

피클 옆에?

아, 거긴 안 돼.
그건 할아버지
손가락이야.

할아버지가
콤바인에 손을 넣었을 때였어.

어디에 묻어야 할지 몰라서
선반에 둔 거야.

시골에서는 죽음에 익숙해집니다.

삶은 훨씬 더 놀랍습니다.

염소, 소, 암탉, 여우, 담비, 올빼미가
아주 많이 살고 있었습니다.

신선한 똥과 마른 똥이 있었습니다.
새로운 똥과 오래된 똥도 있었습니다.

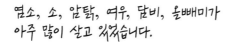

시골의 똥에서는 좋은 냄새가 납니다.
건초, 흙, 동물 냄새와 어우러지기 때문일 거예요.
아주 자연스럽게 말이죠.

하지만 바람이 많이 불던 어떤 날에는
견디기 힘든 냄새가 우리를 덮쳤습니다.
그 바람에 온 집안이 전투태세를 갖추어야 했지요.

바로 옆 마을 도살장의 피가 옥수수밭에 흩뿌려진 겁니다!

이 보기 흉한 방출물은 우리 집을 그리스 비극의 한 장면처럼 보이게 만들었습니다.

냄새는 피뤄스를 떠오르게 했습니다.
"반짝이는 두 눈은 타오르는 궁전의 불빛 속으로 들어가고……."

빨리 문과 창문을 닫고 안으로 들어와!

"죽어 버린 우리의 모든 돼지 형제들 위로 통로를 만들면서……."

오염된 공기가 우리를 덮칠 거야!

"그리고 모든 곳을 뒤덮은 피가 대학살 현장을 뜨겁게 달군다."

집을 챙겨서 여기를 빠져나가야 해!

미래의 욕실 타일이 아직 마르지도 않았어!

항생제로 가득한 동물의 피가 옥수수밭을 뒤덮고 있어. 20세기 농촌의 현실이 아름답기도 하지!

냄새나
냄새나
냄새나
냄새나
냄새나

Et in Arcadia Ego?

무슨 뜻이에요?

돌아와! 세상의 종말이야!

새들은 그곳에서 목청을 다해서 노래 부르고
나비들이 곳곳에 날아다녔어. 앵초가 가득한 이 오솔길에서
얼마나 행복했는지……

꽃을 꺾는다고 2미터쯤 가다
멈춰 서곤 하는 바람에
하굣길이 항상 몇 시간씩
걸리곤 했단다.

드르르르르
르르르

그 후로 트랙터가 더 커졌어.
트랙터의 엄청나게 큰 엉덩이가 들판을 통과할 수 있도록
울타리가 허물어지고 풍경은 완전히 바뀌었어.

저길 봐.

마치 바다를
보는 것 같아.

트랙터로 뽑히지 않는 나무는 잘라 버렸어.

ㄷㄷㄷㄷㄷ

나는 늘 전기톱과 사냥총에 비슷한 점이 아주 많다고 생각했어. 엔진을 사용하는 방식이나 거기서 나는 냄새나.

드르르 르르르 르르

화약, 경유, 소음. 심지어 없애 버리고 완전히 제거하려는 욕망까지 똑같아.

드르르르르 르르르

우리 집에도 울타리나 작은 숲, 큰 나무, 작은 모퉁이 같은 건 없어요.

이제 새로운 화장실을 사용할 수 있겠다!

꿈을 꾸기 위한 작고 구석진 곳 말이에요. 큰 나무 그늘에 있는……

곧 생길 거야.

얼마나 아름다운지 보렴. 울타리를 뽑을 보조금을 받았던 농부들이 이제 울타리를 다시 심을 보조금을 받고 있어.

많이 자라지 않을 멍청한 나무들로 아주 깔끔하고 잘 정돈된 새로운 울타리를 만들었지! 저런 나무들은 예전엔 없었단다.

농부는 오랫동안 땅과 협상해 왔어. 전임자가 남긴 흔적들과 일조량을 고려했고, 비탈이나 땅을 거슬리려고 하지 않았어.

요즘 농부는 주로 회계사와 협상한단다. 농부는 트랙터를 들인 이후로 밀 가격에 신경 쓰고 있어. 운전석에 앉은 채 땅을 밟지도 않아. 농부는 이제 땅이 어떤지 알지 못해!

우리만 비판하는 게 아닌가 봐요!

농부들이 붙인 플래카드인 걸 분명히 알겠어요.

바로 이런 거야. 구획 정리가 무슨 소용 있겠니? 토지 구획 정리 반대 메시지를 더 분명하게 드러나게 할 뿐이야.

토지
구획 정리
반대

너희들은 쇠똥 박물관보다 식물 박물관을 열어야 할 거야.

정원을 만들고 식물을 심고, 품종들을 보호해 봐.

됐어요. 나는 그늘에서 책을 읽는 게 더 좋아요.

어느 나무 그늘에서? 그늘이 하나도 없는데.

인내심을 가져! 몇 년 안에 우리는 베르사유 궁전 같은 멋진 공원을 갖게 될 거야!

부모님은 심을 수 있는 모든 것을 심었습니다.
돌은 초목이라는 새로운 친구를 만났습니다.

우리 조상 중 누구도 살지 않았던 이 땅에 우리 역사가 뿌리를 내리고 있었습니다.

나무들을 다양한 기준에 따라 분류했습니다.
제일 먼저 가족이 기준이 되었습니다.

매발톱꽃, 이건 우리 할머니를 기리기 위한 꽃이야.

매발톱꽃의 꽃잎을 보면 할머니 벨벳 드레스가 생각나. 60년대에도 여전히 입으셨던 20세기 초기 스타일 드레스 말이야!

이 장미 덤불은 우리 아버지가 나에게 주셨던 거야. 아버지는 어머니를 위해서 장미를 가꾸셨지. 이건 아주 오래되고 매우 향기로운 센티폴리아라는 종이야. 그리스인에게 잘 알려진 종이지.

이해하겠니? 고대 사람들도 이 냄새를 맡았어! 정말 감동적이야!

우리 집에서 가장 많이 들리는 말은 아마도 '꺾꽂이'라는 단어였을 것입니다.

이건 내가 어린 시절부터 있었던 자주색 너도밤나무의 아들이야!

내가 꺾꽂이를 했지.

이건 내가 젊을 때부터 키우던 백향목의 자손이야.

꺾꽂이를 잘했어!

나무를 분류하는 또 다른 기준은 달력이었습니다.

자두나무는 꼭 있어야 해! 다른 나무보다 먼저 꽃을 피워서 드디어 겨울이 끝났다는 것을 알려 주거든. 그걸로 위안을 준단다.

카유보트*가 꽃을 피우면, 부활절 휴가가 다가오고 있다는 뜻이야. 휴가는 아주 중요하지.

카유보트가 진짜 이름이에요?

아니. 이 나무의 꽃으로 우유를 응고시켜 치즈를 만드는 데 사용했기 때문에 그렇게 불렀어.

*caillebotte, 오니와 생통주에서 생산되는 소젖, 생통주와 푸아투의 염소젖(지방 함량은 다양하다)으로 만든 생치즈. 무게와 모양이 다양하고 주로 농가에서 만들며, 야생 아티초크 꽃 샤르도네트(chardonnette)를 한 꼬집 넣어 우유를 응고한다.

향기, 색깔, 소리는 서로 반응합니다.

꼬르륵

이것은 모과나무란다. 싹이 트고 잎이 나오면 감자를 심을 때가 되었다는 뜻이야.

눈풀꽃이 피면 양파를 심어야 해.

기억하는 데 포스트잇이 필요 없겠어요.

포스트잇은 모두 자연에 있어!

풀밭의 세이지 꽃은 해가 길어지는 여름이 왔으며, 건초를 만들고 체리가 나올 때라는 것을 알려 주지.

마르셀은 이렇게 말했단다. "왜 그런지 이유를 알 수는 없지만, 그녀는 마치 나에게 할 말이 있는 것처럼 나를 끌어당깁니다."

마르셀은 마르셀 프루스트를 가리킵니다. 우리 가족의 친구라고 할 수 있죠. 그는 손만 뻗으면 어디에나 있습니다. 우리는 항상 그에게 의지할 수 있습니다.

프루스트는 육체적으로는 더 약하지만 문학적으로는 더 강한 피에르 로티야.

프루스트도 오래된 화석과 쓰레기를 수집했어?

그는 시계를 수집했어. 그의 잃어버린 시간의 박물관은 3천 페이지에 걸쳐 있어.

프루스트
∞
스완네 집 쪽으로

너도 알겠지만, 우리가 일리에콩브레에 있는 프루스트 생가를 방문했을 때 꺾꽂이를 해 온 장미 나무야.

가느다란 가지가 빛을 찾아서 산사나무 울타리에서 삐져나와 있었어. 그것은 분명히 마르셀이 보낸 신호였어.

문학 식물원의 측면에서 마르셀은 혼자가 아니었습니다.

당신은 거기서 몽테뉴 장미 나무를 가져왔군.

이 나무는 그가 도서관으로 개조한 탑을 타고 자라났어. 도르도뉴로 출장을 갔을 때 나도 하나 해 봤어.

꺾꽂이를요?

맞아, 너도 이해하지? 몽테뉴는 《수상록》을 쓸 때, 시선을 맞추고 그 향기를 맡았어.

바로 그거야. 난 그거에 감동했어!

그건 무화과나무야.

어디서 온 거예요?

라블레*의 집에서.

*프랑스의 작가, 의사, 인문주의자로, 프랑스 르네상스 문학의 걸작 《가르강튀아와 팡타그뤼엘》을 썼다.

사실은 라블레가 머물렀던 마일즈제 수도원 도랑에서 가져왔어. 라블레가 작품에서 거기 무화과를 칭찬했거든.

냠냠냠!

이 미래의 무화과가 라블레의 무화과라고 확신해! 난 느껴!

스읍

로슈포르에 있는 피에르 로티 집에 갔을 때 거기서는 아무것도 훔쳐 오지 않았어요?

훔친 게 아니라 주워 온 거야.

음, 로티의 집에서는 아무것도 가져오지 않았어. 로티가 소설에서 말하던 어린 시절의 카네이션을 찾았다면 좋았을걸.

원예 시장에 가 봐요?

아냐. 우연히 발견할 날이 있겠지.

카네이션과 우리 사이에 만남이 이루어질 날이…….

34

아직 멀었나요, 베르사유는?

오! 적어도 200년이나 300년 후에는…….

아빠가 채소밭 옆에 너를 위한 작은 땅을 마련했어. 베르사유처럼 사각형으로 나눠 놓았단다.

멋져요!

아직 백 년 된 나무는 없지만, 너에게는 터가 생겼고 설계를 할 수 있게 됐어. 모든 것에는 시작이 있어. 르노트르도 더 잘할 수는 없었을 거야.

네?

르노트르는 태양왕 루이 14세의 정원사였어.

여기에 뭐 심을 거니?

무!

그게 다야?

오솔길이 교차하는 지점에는 무엇을 두는 것이 좋을까?

화분? 긴 의자?

동상!

우리는 베르사유의 동상을 찾아 나섰습니다.

여기 있다!

8프랑? 비싸요.

어쨌든 루이 14세풍 물건이니까.

어원을 따져 보면 정원은 울타리, 낙원을 의미합니다.
그 안에는 쾌적함, 안전함, 풍요로움, 영성의 의미가 담겨 있습니다.

"자주색 디기탈리스, 파란색 층층이부채꽃은 얇은 줄기 위에 피어났고, 거대한 아주까리는 반짝이는 구릿빛 둥근 지붕을 더 크게 만드는 듯했습니다."

너는 이 책이 더 빨리 자라지 않도록 땅에 심어야 할 거 같아!

어?

이 책에는 말도 안 되는 소리만 잔뜩이야!

하지만……
그래도 졸라예요!

나는 따옴표를 엽니다.

소설 속 소녀는 "겨울이 다가오자 시들어 가는 장미를 모두 꺾었습니다. 소녀는 제비꽃을 찾았습니다.

소녀는 오랫동안 제비꽃을 찾을 수 있습니다. 제비꽃은 3월에 피며 겨울이 다가올 무렵에는 전혀 '피지 않습니다.'"
계속해 볼게.

"소녀는 분꽃, 헬리오트로프, 백합을 찾았습니다."

분꽃, 헬리오트로프, 백합이 모두 동시에 피긴 하지. 하지만 계속 들어 봐.

"소녀는 양귀비밭을 갈아엎고, 금잔화밭을 밀어내는 방법을 찾았습니다."

"덩이줄기 식물과 히아신스 화단에 집중했습니다."

이 정신 나간 여자는 히아신스가 3월이 지나면 꽃이 피지 않고, 양귀비는 5월에, 금잔화는 4월에 핀다는 것을 모르고 있어. 그리고 이 모든 것은 '겨울이 가까워지면' 일어나는 인인 것처럼 묘사하고 있어!

휙!

ㄹㄹㄹㄹ

졸각가 비료를 뿌렸다고 생각하세요?

빠르게 자라지 않을 뿐만
아니라 과대평가 되기도 하지.

뭐가요?

베르사유와 같은 프랑스식
정원 말이야. 축, 규칙성
같은 것들. 나는 영국식 정원을
더 좋아해.

영국식 정원은 어떤 거예요?

뒤죽박죽이지!

당신은
영국 사람이에요?

아니.

"프랑스식 정원의 무미건조한
규칙성보다 자연스러운 풍경이 주는
감동적인 무질서를 좋아하지 않는
사람이 어디 있겠습니까?"
독일 시인 실러가 말했지.

저는 잘 정돈된
것이 좋아요.

"베르사유의 정원은 자연을
통제하려는 오만한 즐거움이다."
프랑스인 생시몽이 했던 말이지.
나도 이렇게 말하고 싶어. 통제하려
하지 말고, 꿈을 꾸게 하라!

하지만 베르사유의 정원은
꿈을 꾸게 해요! 숲, 오솔길,
정원수……

어디서 그런 걸 보았지?

질서정연하게 꾸민
아빠의 텃밭이요. 르노트르의
정원을 본떴어요!

회양목으로 울타리를 만든
엄마의 허브 정원,
그것도 르노트르식이에요!

이 빗물 통은 디안느의 분수예요!

네 꿈을 지켜. 무엇보다 네 부모님과 같은 정원사는 되지 마. 그건 네 스타일이 아니야!

꿈을 꾸는 사람은 나뿐만이 아니었습니다. 부모님은 정원을 상징적 의미가 가득한 숲으로 만들었습니다.

이곳에 언젠가는 귀족의 성처럼 장엄한 나무들이 있을 거예요. 여기에 '성의 정원'이라는 이름을 붙였어요.

가지런하게 한 줄로 심은 돌무화과나무 길을 '기사의 오솔길'이라고 부르기로 했어요.

말이나 궁전은 없지만, 아이디어는 많아요.

아빠가 벼룩시장에서 발견한 문이에요. 소사나무 두 그루 사이에 설치했어요. 이 문은 열리지는 않지만, 우리는 이곳을 '프티 트리아농'이라고 부르기로 했어요.

이건!

그리고 우리가 오기 전부터 있던 오래된 과수원에는 '사제의 정원'이라는 별명이 있어요.

왜지?

집에 있는 유일한 오래된 나무를 방문하는 것은
특별한 일과가 되었습니다.
아빠는 나무 밑치에 돌로 된 벤치를 놓았습니다.

이 플라타너스를 스완이라고 부르기로 했습니다.

어디 가니?

스완네 쪽으로요.

마르셀 프루스트는 '조금 꿈꾸는 것이 위험하다면,
그것을 치료하는 것은 덜 꿈꾸는 것이 아니라
더 많이 꿈꾸는 것'이라고 썼습니다.

ROOORR

정원 밖에는 세상의 소란이 있습니다.

마을의 페르바니올이 어디인지 아니?

뭐라고요?

페르바니올(feurbaniole). 첫 번째 부분은 사람들(fourmi)이라는 단어의 사투리(feurmit)에서 잘라낸 단어(feur)야. 두 번째는 입이라는 단어의 사투리(ballot) 일부(ba)지.

?

세 번째는 증류주를 뜻하는 사투리(niole)야. 내가 말하고 싶은 것은 예전에 빵을 굽던 곳, feur-ba-niole이야!

옛날에 빵 굽던 곳이면…… 아! 공동 취사 화덕(four banal)!

앞으로 쭉 가면 시청 바로 옆에 있어요.

고마워, 재밌는 아가씨! 또 만나!

도보 여행자들은 이 지역에서 흔히 볼 수 있습니다.

마치 이야기꾼들처럼요.

개미는 열심히 일하고 베짱이는 나무 그늘에서 노래를 부르며……

FOUR BANAL

시골은 스스로 자각하지 못하지만 마치 장난감 대여소와 같습니다.

아야!

슝

어이! 우리 서바이벌 게임 구역에 들어오지 마. 우리는 너를 그물버섯과 혼동할 수 있어. 지금 그물버섯을 표적으로 삼고 있거든!

?!!

이처럼 우리 집 울타리 밖에도 꿈이 존재합니다. 단지 다를 뿐입니다.

팀을 만들어서 미리 예약하고

시청에 등록해야 합니다.

이전에 '노인들이 빙고 게임을 하는 곳'이었던 마을 회관은 '다목적실 및 생활 공간'으로 이름이 바뀌었습니다.

꿈 전문가들이 찾아낸 단어들이 말이 드문 농촌 지역을 침범했습니다.

시민을 위한 레저 센터
임시 수영장의 비용이 현지 언론에 의해
약간 부풀려졌지만……

앞으로 깨끗하게 여과한 물을 사용하고,
지난 몇 년간 발생했던 어린이들의 익사 사건을
잊게 할 것입니다.

다행히도 서커스 예술 전문인 파리의 건축가가
이 자리에 참석해
수영장이 즉시 운영되지 않는 이유를
설명해 줄 것입니다.

자, 편하게 말씀하세요.
주민들이 이해할 것입니다.

글쎄요,
말하자면……

폭염으로 최근 몇 주 동안
저수조에서 미세 조류가
발생하였습니다.

그 때문에 물이 거무죽죽한 색깔로
변하고 악취가 나고, 게다가
독성이 생겼습니다.

우리는 생명체의 사슬이
무엇인지 분명히 볼 수 있습니다.
그렇지 않습니까!

이 모형은 앞으로 있을
베니스 비엔날레에서 '혁신'이라는
이름으로 전시할 예정입니다.

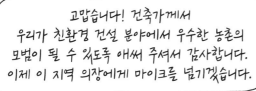

그게 뭐예요?

세귈렌 루아양은 카비쿠 축제를 만들었어. 카비쿠는 이 지역에서 생산하는 염소 치즈야!

또 다른 축제도 있단다. 카비쿠 축제, 타작 축제, 전지형 차 축제, 콜로라도 딱정벌레 축제……. 우리는 축제에 압도당할 지경이야!

늘 도시와 도시의 광기를 경멸하던 시골이 과연 도시처럼 커지는 걸 원했을지 가끔 의문이 들어.

물론 사람들은 그걸 여가 사회라고 부르지.

여기!

딸랑이 노래 축제 입장권을 구했어!

슈퍼마켓에서 경운기용 팬벨트를 새로 사다가 <나비 부인> 오페라 표가 있는 것을 봤어. 아부 쉬르 오르주에 있는 들판에서 야외 공연을 한대! 갈 거지?

네!

안 돼! 나는 도시에서 온 이런 행사가 싫어!

유명한 오케스트라야! 게다가 당신은 푸치니를 좋아하잖아.

제발요!

시골은 대도시에서 가져온 가장 아름다운 장신구들로 치장할 수도 있지만

non saperlo mai

시골은 여전히 시골입니다.

우리는 집 안에서 노느라 집 밖으로 자주 나가지 않았습니다.
할 일이 너무 많았거든요.

non saperlo mai ♪

나무를 심고, 접붙이기를 하고, 가지치기를
하고, 땅을 갈고, 물을 주고, 지붕을 수리하고,
벽돌을 쌓았습니다.

나무를 잘 가꾸어서 모든 식물을
행복하게 해 주는 엄마의 노련한
몸짓에 감탄하며 따라 했습니다.

그리고 아빠와 꿀벌의 우정에
감탄했습니다.

축제가 시작되었음을
선언합니다!

이 낙원에서 외출하는 것은
화를 낼 위험을 무릅쓰는 일이었습니다.

저것 좀 봐!
택지 지구야!
아주 새것이지만,
너무 흉해!

으악!

대단한 논리야! 옥수수를 파종하기 전에 밭에 가득 찬 질산염을 흡수시키려고 양배추를 심어. 그런 다음에 양배추가 잘 자라도록 라운드업*을 뿌리지! 토양이 깨끗하게 청소되도록 말이야!

얏!

몬산토

*몬산토에서 개발한 제초제

아아! 마을 사람들은 고압 전선이 지나가는 것을 결국은 받아들였어. 그것이 아이들에게 암을 유발할 수도 있는데 말이야.

프랑스 전력공사가 막대한 보상금을 지급했을 거야.

일모작에 대한 열정! 올해 유채가 더 많이 피었어.

일모작은 치명적이야.

꿀벌의 경우에 여왕벌은 유채꽃이 필 때가 되었다고 느끼면, 일벌이 될 수백 개의 알을 낳아.

유채꽃이 피면 일벌들은 꿀을 찾으러 가지. 유채꽃이 시들면 일벌들은 더 이상 꿀을 얻지 못해.

일벌들은 더는 할 수 있는 게 없어. 다른 꽃을 찾아 헤맬 수도 없지. 농부들이 다른 작물을 심을 생각도 하지 않고, 끔찍한 살충제로 모든 야생화를 없애 버렸거든.

결과적으로 꿀벌은 죽게 돼.

일모작은 바보 같은 짓이야.

오! 또 다른 택지 지구예요!

혹시 신문에서 봤니?
얼마 전 한 농촌에서 주관한
사냥에서 조랑말 한 마리가
실수로 죽임당했다는구나.

네?

사냥
보호 구역

택지 지구

이 길은 얼마 전까지만 해도
나무가 우거져 있었어.
느릅나무가 말이야.

모두 잘려 나갔지.

왜요?

몇 년 전부터 느릅나무는
치료하기 힘든 병에 걸렸어.

나무들은
심은 지 15년도 안 되서
모두 이상하게 죽어 버렸지.

옥수수야.

하지만

여기는 지옥이야!

마을 학교는 우리를 우리의 정사각형 정원 밖으로 나오게 하려고 그곳에 존재하는 듯했습니다.

오늘 수확물을 보여 주기 위해 들러 주셔서 정말 감사합니다.

아주 멋지게 전시했습니다.

광대버섯은 매우 쉽게 식별할 수 있습니다. 다만 만진 후 손가락을 빨지 마세요!

멀리서 보면 아름답지만, 가까이에서는 치명적이군요.

예. 다시 한번 감사합니다.

넓은잎딱총나무, 디기탈리스, 아룸, 벨라도나도 마찬가지입니다. 독성이 있으니 조심하세요!

네.

감사합니다.

어린이 여러분, 이 수업을 해 주신 카트린과 파너의 어머니께 감사를 전합시다.

고마압스읍니다아.

자, 이제 현대적인 것에 대해 이야기해 볼까요.

미래에 대해서도요.

탁

56

내가 자란 지역에서 미래는 이런 것이었습니다.

르네 모노리
지방의회 회장 →

> 우리 고장이 미래 산업 분야의 시범 지역이
> 되기를 바랍니다. 그래서 미래 사회를 창조하고,
> 감성을 풍부하게 할 수 있는 이 놀이공원을
> 만들게 된 것입니다.

퓨처랜드가 막 문을 열었을 때였습니다.

> 우리는 많은
> 생각을……

> 우리가 충분히 숙고했다고 믿습니다. 왜냐하면
> 그 결과 이런 모형을 만들었기 때문이죠.

> 네, 그리고 이렇게도 말할 수 있겠네요.
> 모노리 씨, 이 모형 그 자체로
> 대중은 가장 먼저 심리적으로
> 충격받았습니다!

> 정육면체나 직사각형으로 만들었다면
> 그건 미래에 걸맞은 디자인이 아닐 것입니다.
> 그래서 우리 건축가들은 다른
> 것을 만들었습니다.

> 여기에는
> 3차원의 공간이
> 있습니다.

> 그리고 4차원의 시간을
> 상징하는 구가 지배하고 있죠.

> 구는 앞으로 몇 년 동안의
> 경제적인 부를 나타냅니다.

> 사형을 폐지해야 하지만, 건축가를
> 예외로 해야 한다고 말했던 사람이 누구인지
> 기억이 나지 않아.

퓨처랜드는 우리 학교에 있어 횡재였습니다. 우리는 그곳으로 현장 학습을 가서, 책상에서 불과 몇 킬로미터 떨어져 있는 미래를 여행하기로 했습니다.

우리는 화성으로 떠났습니다.

첫 번째 강한 인상: 기나긴 대기 줄

세 번째 강한 인상: 기념품 가게

두 번째 강한 인상: 대형 스크린에 나오는 지역 홍보 영화

네 번째 강한 인상: 돌아오는 길에 목격한 교통사고

우리의 균형 감각을 걱정한 부모님은 퓨처랜드와 정반대되는 곳인 푸이뒤푸로 우리를 데려갔습니다.

푸이뒤푸의 '소리와 빛'은 우리 고장의 중세부터 현재까지의 역사를 들려주었습니다.

첫 번째 강한 인상: 역사를 이야기하는 위대한 배우 필립 느와레의 열정적인 목소리

두 번째 강한 인상: 용감한 기사

세 번째 강한 인상: 공중에 레이저로
자유라는 단어를 쓰고, 농부 분장을 한 배우들이
한 손에는 갈퀴, 다른 한 손에는 빵 한 덩어리를
들고 순찰을 함.

우리는 연극 대사를 외웠습니다.

나는 평생 내 길을 걸어왔습니다. 더 이상
오래된 비밀을 간직하려고 하지 않는
오솔길에 귀를 기울이며……

참나무들이 추억에 잠기는 소리를
들으며……

새롭고 아름답고 낯선 단어들이 나타났습니다.

건초 더미

북서풍

소작지

세금

피볼* 연주자

어린
떡갈나무

모형, 깜짝 놀라게
하는 것이 중요합니다.

*사냥용 뿔

꿈은 계속 이어질 것입니다.

나는 금작화가 만발한
이 거대한 땅을 걷는다.

벽난로 가까이에
손을 뻗습니다. 나는
내 기억을 일깨워 주는
불을 한 움큼
움켜쥡니다.

어느 날 나는 속임수를 발견했습니다.

펄립 드 빌리에르,
르 푸 뒤 퓌이, 그건 바로 당신입니다.
웃음소리
왕실 강아지보다
더 충성스럽군.
웃음소리

어린이 쇼

??

푸이뒤푸는 가족과 조국의 전통적인 가치를 옹호하는 쇼였습니다.
정치인 펄립 드 빌리에르가 창시자였습니다.

푸이뒤푸는 뿌리를 다시
내리는 행위입니다!
우리 임무는 십자군처럼
깃발을 높이
휘날리는 겁니다.

60

그런 식으로 지켜 왔던 과거, 기억,
역사는 우리를 두렵게 했습니다.
우리는 결코 그와 같은 꿈을
꾸지 않았습니다.

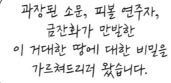

민속 공연단이 우리 마을에 와 있었습니다. 그들은 민속 무용의 전통을 이어 가고 있었습니다.
우리는 그들이 하는 모든 리허설과 공연을 지켜봤습니다.

매년 무도회가 열렸습니다.
마을 사람들은 무도회를 보려고 몰려들었습니다.

무도회에는 특별한 것이 있었습니다.
바이올린은 할머니 목소리처럼 앵앵거렸지만, 무용수들의 치마는
물레보다 더 빨리 돌았습니다.

그러던 어느 날,
새로운 무용수와 음악가들이 문화 교류를 위해서 온 적이 있었습니다.

이건 무슨 언어야?

루마니아어야.

냉전이 끝나고 장막이 무너졌어.
동유럽 주민들은 마침내 그들 나라의 국경을
넘을 수 있게 되었지.

?

루마니아인은 가진 것이 없었습니다.

버스가
스카치테이프로
수리되어 있어!

스카치테이프로
수리한 버스를 타고
부쿠레슈티부터
여행했대!

소련 때문에 입은
온갖 피해를 마주하고서, 아빠는 갑자기
구두 수선공이 되었습니다.

가죽 세공사도

현악기 제작자도

마을 사람 모두가 도움을 주었습니다.

엄마는 마을 슈퍼마켓에서 모금 활동을 했습니다.

이해하셨어요? 차우셰스쿠*는 그들에게서 샴푸를 빼앗았어요!

비누도요!

치약도요! 그들의 스웨터에는 구멍이 나 있어요!

루마니아 초대 대통령이자 독재자. 1989년 축출돼 사형당했다.

현대사가 우리 집 문턱을 넘어 들어왔습니다.

잘됐네! 스웨터처럼 저 사람 머리에도 구멍을 내야 해!

차우셰스쿠에 대한 재판과 처형 재개

차우셰스쿠, 독재자의 최후

6월의 어느 오후에 우리는 커다란 스완의 그늘에서 루마니아인을 기다렸습니다.

신발 T.39·40

니트

치약

샴푸

어린이 장난감

아동복

신발

그들에게는 음악 외에 아무것도 없었습니다. 그래서 그들은 노래를 연주하며 등장했습니다.

CHAUSSURES T.32·40

그해 무도회는 새롭게 탄생한 우리 정원에서 열렸습니다.

루마니아 사람들은
우리를 여행하고 싶게 만들었습니다.

어디로
갈까?

루마니아로?

아니, 됐어,
거긴 알아!

게다가 거기에는
샴푸도 없잖아.

베르사유?
성, 공원…….

정원을 떠나서
정원을 보러 가는 것이 아니라
나는 휴가 기분을
느끼고 싶어!

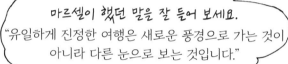

마르셀이 했던 말을 잘 들어 보세요.
"유일하게 진정한 여행은 새로운 풍경으로 가는 것이
아니라 다른 눈으로 보는 것입니다."

"다른 사람, 백 명의 다른 사람의
눈으로 세상을 보는 것……."

"그리고 우리는 엘스티르와 함께라면
그렇게 할 수 있습니다. 그들처럼 우리는
별에서 별까지 날아갈 수 있습니다."

엘스티르가 누구야?

화가.

문학은 최고의 여행사입니다. 프루스트의 조언에 따라 우리는 화가들의
고향, 파리에 있는 루브르 박물관으로 여행을 떠났습니다.

이미 와본 듯한 기분이
들었습니다.

벽 두께 봤어?
우리 집과 비슷해!

우리 집에 있는 것과
비슷한데,
모두 유리장 속에 있어.

이것 좀 봐! 콘크리트에
파묻힐 뻔한 갈로 로만 시대의
무덤에서 찾아낸
도자기들이야!

게다가 오래된
마른 똥도 있어.

우리 집에 있는
것과 비슷해.

미라
기원전
2세기~
1세기
이집트

이리 와 봐.
이건 거푸집이 아니야!

나는 이 장소, 이 작품, 이 유물, 이 그림을 구경했고, 이상하게도 그것들을 줄곧 알아 왔던 것 같았습니다.

코로의 나무 잎사귀, 프라고나르의 숲, 와토의 수풀, 푸생의 시골. 그것은 나의 정원, 나의 풍경이었습니다.

*코로, 프라고나르, 와토, 푸생은 모두 프랑스 화가

그리고 나의 넓은 자연이었습니다.

70

화가들의 눈으로 떠났던 여행에서 돌아온 후,
나는 낭만주의에 사로잡혔습니다.

루브르 박물관에서 본 것과 같은 그림을
그리고 싶어서 아이비가 내 작은 정원을
침범하게 내버려 두었습니다.

나는 내가 어디로 가고 있는지도 몰랐습니다.

여기는
파라두야!

뭐라고요?

파라두! 졸라의 소설에 나오는
울창한 정원의
이름이야.

아, 그거요.

덥구나. "그곳에서 매미는
죽도록 사랑을 노래한다."

"나비는 날갯짓하며
키스를 퍼뜨린다."

응?

"나뭇잎 아래에서 도마뱀은 황홀경의 가벼운
콧소리를 내며 온몸을 흔들고 있다."

"가장 구석진 곳,
그늘진 구멍에서 발정 나서 뜨거워진
동물의 냄새가 올라온다."

뭐라고요?

귀뚤 귀뚤 귀뚤
귀뚤 귀뚤

지금 들리는 귀뚜라미 노래가
교미하는 소리라는 것을
알고 있니?

귀뚤 귀뚤

교미가 뭐예요?

그건 내가 백설공주와
늘 하고 싶었던 일이야.

도대체 무슨 말을
하는 거예요?

오!
난초로군!

아, 맞아요!
야생 난초예요.

가까이 와 봐,
꼬마야.

잘 봐. 꽃잎으로 벌의 배를
자극하고 있어. 왜 그러는지 아니?

아니요.

벌이 수분을 하도록
하기 위해서야!

아.

성욕을
자극하는 거이지.

네?

더 가까이에서 살펴봐.

여성의
성기처럼
보일 거야.

뭐가요?

76

역설적이게도 이 꽃의 이름은 그리스어로 '고환'을 의미하는 'orchis'라는 단어에서 유래했어. 자연은 성적인 것으로 가득 차 있어.

어휴, 내, 내가 아는 것은 디기탈리스나 아룸 같은 꽃들을 만진 후에 손가락을 빨면 안 된다는 것뿐이에요.

하, 넌 정말 멍청하구나, 꼬마야!

너는 구강기에 머물러 있어!

그의 말이 맞습니다. 나는 자연을 먹는 것에 충분히 만족했습니다.

여기 있었네. 너는 멀리서 보면 예쁘고, 가까이서 봐도 그리 못생기지 않았어.

너 보리지*라는 꽃 알아?

*꽃과 잎을 달여 발한제, 이뇨제로 사용하는 식물

그 꽃은 굴 맛이 나.

아주 맛있어.

냠 냠 냠

나는 인생의 이런저런 것들을 배우는 데 뒤처져 있었습니다.

너 숲에서 우리랑 같이 놀래?

아니! 나는 육즙이 가득한 라타투이*에 넣을 큰 가지를 골라야 해.

*프랑스 프로방스 지방에서 즐겨 먹는 전통적인 야채 스튜

오늘 밤 파자마 파티가 있어.

미안, 멜론 수확이 급해.

우리 반 친구들이 십 대 초반의 이른 사춘기를 겪고 있는 동안, 나는 녹색 줄기 속에서 나를 찾고 있었습니다.

나는 몇 시간이고 자연을 바라보며 시간을 보낼 수 있었습니다. 그러나 나에게 영감을 준 것은 루브르 박물관의 화가들이 꾸게 해 준 꿈이었습니다.

나는 그것을 그리고 또 그렸습니다. 그게 나의 여행을 완성하는 방법이었습니다.

어느 날 이웃 마을에서 나의 예술적 재능에 대한 소문을 들었습니다.

내 마음의 소리에 귀를 기울이며, 나는 낭만주의 화가의
그림에서 영감을 받았습니다.

이 그림에 적절하게 동물 모습을 섞었습니다.

굉장해!

우리 의장님이신 세곤렌 루아얄이 좋아할 거예요!

바로 이것이 우리가 원했던 것입니다!

다음 날

카트린! 전화!

그래서 어, 우리는 사무실에서 설문 조사를 했어요. 그리고 우리는 그 해먹에 있는 염소, 저기, 어, 그 염소가 약간, 어…….

그러니까 그 염소가 세곤렌 루아얄 의장과 너무 닮았다는 생각이 들었어요. 그래서 의장님의 기분을 상하게 할까 봐 당신의 그림을 보여 주지 않기로 했습니다.

???

바깥세상이 나에게 적대적인 건 분명했습니다.

그리고 나는 지나치게 예민했습니다.

힝이이이잉...

홧김에 나는 그림을 마구 그려 댔습니다.

나는 성숙함과 통찰력이
부족했습니다.

미래에 내 직업이 될 만화가로서의 시작이 바로 코앞까지 와 있었다는 것을 이해하기에는 말입니다.

그래서 '시골'에 대한 연재만화는 그리고 있니?

잘 되고 있어요.

30년 전에 왜 그렇게 큰 건물과 큰 정원이 있는 곳에서 살기로 했어요?

우리는 항상 자연이 필요했어. 여기처럼 말이야. 늘 의존적이거나 예민해지고 싶지 않았어.

그리고 가구 같은 걸 유산으로 물려줄 생각이 없었어. 장미 덤불이나 나무라면 몰라도.

우리가 나무 가까이에서 자랄 때, 나무가 자라고 있는 것을 보지는 못하지만 영원하다는 느낌을 받아. 나무들은 항상 그곳에 있었고 언제까지나 있을 것 같거든.

언젠가 너와 네 동생이 이 집을 떠날 때를 대비해서, 나는 정원에 있는 모든 나무를 품종별로 꺾꽂이해 두었어.

그리고 이 화분에 다 심어 두었지. 가방도 준비했단다!

왜 그런 생각을 미리 하신 거예요?

앞으로 무슨 일이 일어날지 아무도 모르니까.

엄마는 웅장한 삼나무 옆에서 자랐고,
아빠는 백 년 된 너도밤나무 옆에서 자랐습니다.

삼나무는 엄마의 부모님이 일하던
성 안뜰에 자리 잡고 있었습니다.
너도밤나무는 아빠의 부모님이 살던
커다란 저택 옆에 있었습니다.

각자의 부모님이 돌아가신 후 아빠와 엄마는
여러 가지 이유로 어린 시절 살았던 집을 잃었습니다.
다른 사람에게 팔렸거든요. 아빠와 엄마는
극복하기 힘든 매우 슬픈 일이었다고 말합니다.

카트린 뫼리스 2018년 6월

파니 뫼리스(Fanny Meurisse), 이자벨 메를레(Isabelle Merlet), 장 자크 루제(Jean-Jacques Rouger), 블뤼치(Blutch), 솔(Sol), 엘렌(Hélène), 시고(Sigo), 마르틴(Martine), 마틸드(Mathilde), 마린(Marine), 지젤 드 안(Gisèle de Haan), 아드리앙 상송(Adrien Samson), 필립 하봉(Philippe Ravon)에게 감사를 전합니다. 이 책을 기다려 준 샵(Chab)을 생각하며.

주석

5~6 "자연은 하나의 사원이니 거기서/산 기둥들이 때로 혼돈의 말을 흘려보낸다." 샤를 보들레르(Charles Baudelaire)의 《악의 꽃(Les Fleurs du mal)》(1857) 중 〈상응(Correspondances)〉에서 영감을 받았습니다.

11 "오랫동안 나를 사로잡았던 박물관을 내가 언제 설립했는지 잘 모르겠습니다[…]. 이곳에서 나는 이국적인 자개들을 응시하면서 그들이 왔던 나라를 꿈꾸고, 낯선 해안을 상상하며 조용히 혼자 몇 시간을 보냈습니다." 피에르 로티(Pierre Loti, 1850~1923), 《한 아이의 소설(Le Roman d'un enfant)》 27장, 1890. 로티는 해군 장교이자 소설가였습니다.

18 "어린 시절부터 나는 유치하고 애석한 집착으로 일어나고 있는 모든 것을 고치려고 애쓰느라 지쳤습니다[…]. 나는 시간을 멈추고 싶었습니다[…]. 아무것도 보관하지 않고 불태우고 불태우는 것이 훨씬 나을 것입니다. 왜냐하면 마지막 말은 항상 망각, 잿더미, 구더기가 될 것이기 때문입니다!" 피에르 로티, 〈Prime Jeunesse〉, 1919.

25 폭풍우가 몰아치는 장면은 장 라신(Jean Racine)의 〈앙드로마크(Andromache)〉(1667) 3막 8장에서 영감을 받았습니다.
"Et in Arcadia ego": '나 역시 한때 아카르디아에 있었다'를 뜻하는 라틴어입니다. 아카르디아는 고대 시인들에게 일종의 지상낙원이자 완전한 행복이 머무는 곳으로, 이상적인 나라에서도 인간의 운명은 피할 수 없다는 것을 나타냅니다.

33 미셸 드 몽테뉴(Michel de Montaigne, 1533~1592)는 그의 성탑을 도서관으로 개조했습니다. "나는 내 인생 대부분을 그곳에서 보낸다. 나는 현관에 서서 내 정원, 내 마당을 발아래로 본다[…]. 그곳에서 나는 때로는 이 책을, 때로는 저 책을 순서도, 계획도 없이 뒤적인다. 때로 나는 꿈을 꾸고, 때로 나는 당신에게 전하는 나의 몽상을 산책하면서 기록하고 받아쓰게 한다."

34 프랑수아 라블레(François Rabelais, 1494~1553)는 프란체스코회 수도사였지만 베네딕도회 수도사로 전향했습니다. 그는 1524년 방데에 있는 생피에르 드 마일르제 수도원에 머물렀습니다.

36 '낙원'이라는 단어는 담으로 둘러싸인 정원을 가리키는 페르시아어 pairi-daeza(pairi, 주변; daeza, 성벽)에서 빌려 왔습니다.

37 "초롱꽃들이 달렸다." 에밀 졸라(Émile Zola), 《무레 신부의 과오(La Faute de l'Abbé Mouret)》 2권 7장, 1875.

38~39 "먼저 그녀는 장미 숲으로 달려갔습니다. 그곳에서 마지막 남은 석양빛 속에서 그녀는 화단을 뒤지며 겨울이 다가오자 시들어 가는 장미를 모두 꺾었습니다."
에밀 졸라, 《무레 신부의 과오》 3권 14장, 1875.

40 "프랑스식 정원의 무미건조한 규칙성보다 자연스러운 풍경이 주는 감동적인 무질서를 좋아하지 않는 사람이 어디 있겠습니까?" 프리드리히 실러(Friedrich von Schiller), 〈숭고함에 대해(Du sublime)〉, 1801.
"그것은 모든 일에 대한 왕의 나쁜 취향이다. 그리고 가장 치열한 전쟁도 헌신도 무디게 할 수 없는 자연을 통제하려는 오만한 즐거움이다." 생시몽(Saint-Simon), 《회고록(Mémoires)》 12권 19장, 1739.

41 프티 트리아농은 루이 15세의 명령에 따라 1762년에 지어진 베르사유 궁전의 별궁으로 성의 정원 안에 있습니다.

43 "조금 꿈꾸는 것이 위험하다면, 그것을 치료하는 것은 덜 꿈꾸는 것이 아니라 더 많이 꿈꾸는 것, 완전히 꿈꾸는 것이다." 마르셀 프루스트(Marcel Proust), 《잃어버린 시간을 찾아서(À la recherche du temps perdu)》 5부, 〈갇힌 여인(La Prisonnière)〉, 1923.

44~45 조랑말 등에 탄 꿈은 1695년 장 밥티스트 마르탱(Jean-Baptiste Martin)의 〈베르사유 궁전의 오렌지 나무 정원(L'Orangerie du château de Versailles)〉이라는 그림에서 영감을 받았습니다.

65 "유일하게 진정한 여행, 유일한 젊음의 목욕은 새로운 풍경으로 가는 것이 아니라 다른 눈을 갖는 것, 다른 사람의 눈을 통해 우주를 보는 것, 백 명의 다른 사람의 눈을 통해 그들 각자가 보는 우주를 보는 것입니다. 엘스티르, 뱅퇴유와 함께라면 가능합니다. 그들처럼, 우리는 정말로 별에서 별까지 날아갑니다." 마르셀 프루스트, 《잃어버린 시간을 찾아서》 5부, 〈갇힌 여인〉, 1923.

67 벽에 있는 그림: 장 밥티스트 카미유 코로(Jean-Baptiste-Camille Corot), 〈모르트퐁텐의 기억(Souvenir de Mortefontaine), 1864; 니콜라 푸생(Nicolas Poussin), 〈프랭탕(Le Printemps)〉, 1660.

68~69 목가적인 이 그림은 장 오노레 프라고나르(Jean-Honoré Fragonard, 1732~1806)가 그린 〈숲의 가장자리에서, 나무 한 그루가 햇빛에 비치는 것(À l'orée d'une forêt, un groupe d'arbres est éclairé par les rayons du soleil)〉에서 영감을 받았습니다.

70 두 그림은 위베르 로베르의 작품입니다. 〈루브르 대회랑 정비작업(Projet d'aménagement de la Grande Galerie du Louvre)〉과 〈폐허가 된 루브르 대회랑의 상상도(Vue imaginaire de la grande galerie du Louvre en ruines)〉, 1796.

71 드니 디드로(Denis Diderot)는 1767년 그의 살롱에서 폐허의 시학을 찬양합니다. "좋은 것이든 나쁜 것이든 이 작곡의 효과는 당신을 달콤한 우울에 빠지게 하는 것입니다. 우리는 사원과 궁전의 […] 파편에 시선을 고정합니다. 그리고 우리 자신을 되돌아봅니다. 우리는 시간의 파괴를 예상하고, 우리의 상상력은 우리가 사는 바로 그 건물을 땅 위로 무너지게 합니다. 바로 이 순간에 외로움과 침묵이 우리 주위를 지배하고 있습니다." 이 시학은 유럽에서 성공을 거두었고, 카스파르 다비트 프리드리히(Caspar David Friedrich)나 터너(Turner)와 같은 초기 낭만주의 화가에게 영감을 주었습니다.

72~73 카라바조(Caravage)의 힘과 〈점성술사〉의 아름다움은 샤를리 에브도(Charlie Hebdo) 테러 사건 이후 2015년에 지원군으로 호출됩니다. 루브르 박물관에서의 이 또 다른 만남은 만화책 《La Légèreté(가벼움)》(pp.128~129, Dargaud 2016)에 자세히 설명되어 있습니다.

75 "그곳에서 매미는 죽도록 사랑을 노래한다." 에밀 졸라, 《무레 신부의 과오》 2권 15장, 1875.

78 정원은 앙투안 와토(Antoine Watteau)가 1717년에 그린 〈시테라섬으로의 순례(Pèlerinage à l'île de Cythère)〉의 모습을 하고 있습니다.

79 나른한 염소 그림은 1844년 귀스타브 쿠르베(Gustave Courbet)의 〈해먹(Hamac)〉에서 영감을 받았습니다.

80 이 페이지에 인용된 그림은 카스파르 다비트 프리드리히의 1818년 작품인 〈안개 바다 위의 방랑자(Le Voyageur contemplant une mer de nuages)〉입니다.

내 아름다운 정원 **지은이** 카트린 뫼리스 **옮긴이** 강현주 **발행인** 이상용 **발행처** 청아출판사 **출판등록** 1979. 11. 13. 제9-84호 **주소** 경기도
파주시 회동길 363-15 **대표전화** 031-955-6031 **팩스** 031-955-6036 **전자우편** chungabook@naver.com **발행일** 초판 1쇄 인쇄 · 2023.
3. 27. 초판 1쇄 발행 · 2023. 4. 14.

ISBN 978-89-368-1225-6 03860